Le fantôme des neiges

Robin Wasserman

Illustrations de Duendes del Sur
Texte français de Marie-Carole Daigle

Je peux lire! — Niveau 1

ISBN 0-7791-1567-8
Titre original : Scooby-Doo! Snow Ghost

Édition publiée par Les éditions Scholastic,
175 Hillmount Road, Markham (Ontario) L6C 1Z7

5 4 3 2 1   Imprimé au Canada   02 03 04 05

Les éditions Scholastic

et les amis sont à la .

Ils font un  .

 fait les  avec des .

 fait le avec une .

 fait la en .

fait les bras avec des .

 prend son et son

et les met au 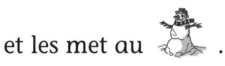 .

– Franchement, je n'ai jamais vu

un aussi beau 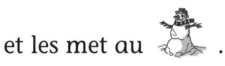 ! dit .

Ensuite,  descendent

la  .

 .

Lorsqu'ils reviennent près du  ,

ils s'aperçoivent qu'il a été dépouillé!

Les , le et les

ont disparu!

– Est-ce qu'un les aurait pris?

demande .

– Un ! s'écrie  .

Il creuse un trou dans la ,

puis il saute dedans.

– Sors de là, , dit .

Cherchons des indices!

 reste sous la .

– Sors de là, , dit .

Il faut retrouver ce qui a disparu.

 reste sous la .

– Sors de là, , dit .

Je vais te donner des .

 sort enfin de sous la .

– Il n'y a aucune , dit .

– Voyons, le est peut-être tout

simplement sorti de notre ?

dit  .

– Ça alors! dit . J'ai trouvé

le .

Elle le montre du doigt.

Le est accroché à un .

cherche des indices.

Il trouve une .

Il court l'attraper.

Il glisse.

Il tombe.

 déboule la pente.

déboule jusqu'au milieu

de la .

Lorsqu'il s'arrête, il entend

des bruits étranges.

– Un ! s'écrie .

Il creuse un trou dans la ,

puis il saute dedans.

Les amis viennent le rejoindre.

– Sors de là, , dit .

Tu as résolu le mystère.

 sort le nez de la .

Il voit alors les  , le

et la .

Il voit aussi les .

Puis il voit celui qui les a pris.

Ce n'est pas un .

C'est un !

– Qu'est-ce qu'on fait de notre  ?

demande .

– J'ai une idée, dit .

Les amis se mettent au travail.

Lorsqu'ils ont terminé, dit :

– Wow! Notre a vraiment l'air

d'un  !

– Un ! s'écrie .

Il creuse un trou dans la 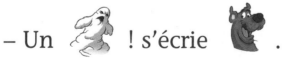 ,

puis il saute dedans.

As-tu regardé toutes les images
du rébus de cette énigme
de Scooby-Doo?

Chaque image figure sur une
carte-éclair. Demande à un plus
grand de découper les cartes-éclair
pour toi. Essaie ensuite de lire
les mots inscrits au verso des cartes.
Les images te serviront d'indices.

Avec Scooby-Doo, la lecture,
c'est amusant!

montagne	Scooby
Véra	bonhomme de neige
boutons	yeux

carotte	nez
Daphné	bouche
Fred	Scooby Snax

branches	fantôme
chapeau	Sammy
skis	foulard

empreintes

traîneau

neige

arbre

oiseau

plume